午後の最後の芝生

村上春樹　絵　安西水丸

スイッチ・パブリッシング

午後の最後の芝生

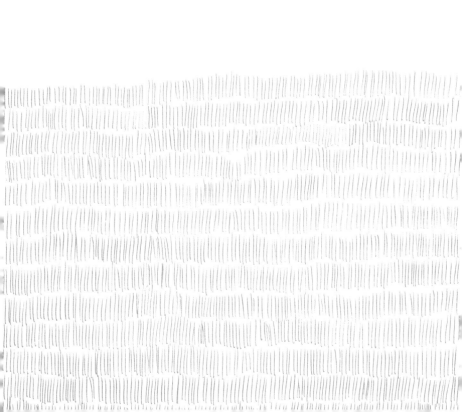

僕が芝生を刈っていたのは十八か十九のころだから、もう十四年か十五年前のことになる。けっこう昔だ。

時々、十四年か十五年なんて昔というほどのことじゃないな、と考えることもある。ジム・モリソンが「ライト・マイ・ファイア」を唄ったり、ポール・マッカートニーが「ロング・アンド・ワインディング・ロード」を唄っていたりした時代——少し前後するような気もするけれど、まあそんな時代だ——がそれほど昔のことだなんて、僕にはどうもうまく実感できないのだ。僕自身あの時代から比べてそれほど変っていないんじゃないかとも思う。

いや、そんなことはないな。僕はきっとかなり変ったんだろう。そう思わないと、うまく説明のつかないことがいっぱいありすぎる。

オーケー、僕は変った。そして十四、五年というのは結構昔の話だ。

家の近所に——僕はこのあいだここに越してきたばかりだ——公立

の中学校があって、僕は買物に行ったり散歩したりするたびにその前を通る。そして歩きながら中学生たちが体操をしたり、絵を描いたり、ふざけあったりしているのをぼんやり眺める。べつに好きで眺めているわけじゃなくて、他に眺めるものがないからだ。右手の桜並木を眺めていてもいいのだけれど、それよりは中学生を眺めていた方がまだましだ。

とにかく、そんな風に毎日中学生を眺めていて、ある日ふと思った。彼らは十四か十五なのだと。これは僕にとってはちょっとした発見であり、ちょっとした驚きだった。十四年か十五年前には彼らはまだ生まれていないか、生まれていたとしてもほとんど意識のないピンク色の肉塊だったのだ。それが今ではもうブラジャーをつけたり、マスターベーションをやったり、ディスク・ジョッキーにくだらない葉書を出したり、体育倉庫の隅で煙草を吸ったり、どこかの家の塀に赤いスプレイ・ペンキで「おまんこ」と書いたり、「戦争と平和」を——たぶん——読んだりしているのだ。

やれやれ。

僕はほんとうにやれやれと思った。
十四、五年前といえば、僕が芝生を刈っていたころじゃないか。

＊

記憶というのは小説に似ている、あるいは小説というのは記憶に似ている。

僕は小説を書きはじめてからそれを切実に実感するようになった。記憶というのは小説に似ている、あるいは云々。

どれだけきちんとした形に整えようと努力してみても、文脈はあっちに行ったりこっちに行ったりして、最後には文脈ですらなくなってしまう。なんだかまるでぐったりした子猫を何匹か積みかさねたみたいだ。生あたたかくて、しかも不安定だ。そんなものが商品になるなんて――商品だよ――すごく恥かしいことだと僕はときどき思う。本当に顔が赤らむことだってある。僕が顔を赤らめると、世界中が顔を赤らめる。

しかし人間存在を比較的純粋な動機に基くかなり馬鹿げた行為として捉えるなら、何が正しくて何が正しくないかなんてたいした問題ではなくなってくる。そしてそこから記憶が生まれ、小説が生まれる。これはもう、誰にも止めることのできない永久機械のようなものだ。それはカタカタと音を立てながら世界中を歩きまわり、地表に終ることのない一本の線を引いていく。

うまくいくといいですね、と彼は言う。でもうまくいくわけなんてないのだ。うまくいったためしもないのだ。

　でもだからって、いったいどうすればいい？

　というわけで、僕はまた子猫を集めて積みかさねていく。子猫たちはぐったりとしていて、とてもやわらかい。目がさめても自分たちがキャンプ・ファイアのまきみたいに積みあげられていることを発見した時、子猫たちはどんな風に考えるだろう？　あれ、なんだか変だな、と思うくらいかもしれない。もしそうだとしたら――その程度だとしたら――僕は少しは救われるだろう。

　ということだ。

＊

　僕が芝生を刈っていたのは十八か十九のころだから、もう結構昔の話になる。そのころ僕にはおないどしの恋人がいたが、彼女はちょっとした事情があって、ずっと遠くの街に住んでいた。我々が会えるのは一年にぜんぶで二週間くらいのものだった。我々はそのあいだにセックスをしたり、映画をみたり、わりに贅沢な食事をしたり、次から次へととりとめのない話をしたりした。そして最後には必ず派手な喧嘩をし、仲直りをし、またセックスをした。要するに世間一般の恋人たちがやっていることを短縮版の映画みたいな感じでやっていたわけだ。

僕が彼女をほんとうに好きだったのかどうか、これは今となってはよくわからない。思い出すことはできるが、わからないのだ。そういうことって、ある。僕は彼女と食事をするのが好きだったし、彼女が一枚ずつ服を脱いでいくのを見るのが好きだったし、彼女のやわらかいワギナの中に入るのも好きだった。セックスのあと、彼女が僕の胸

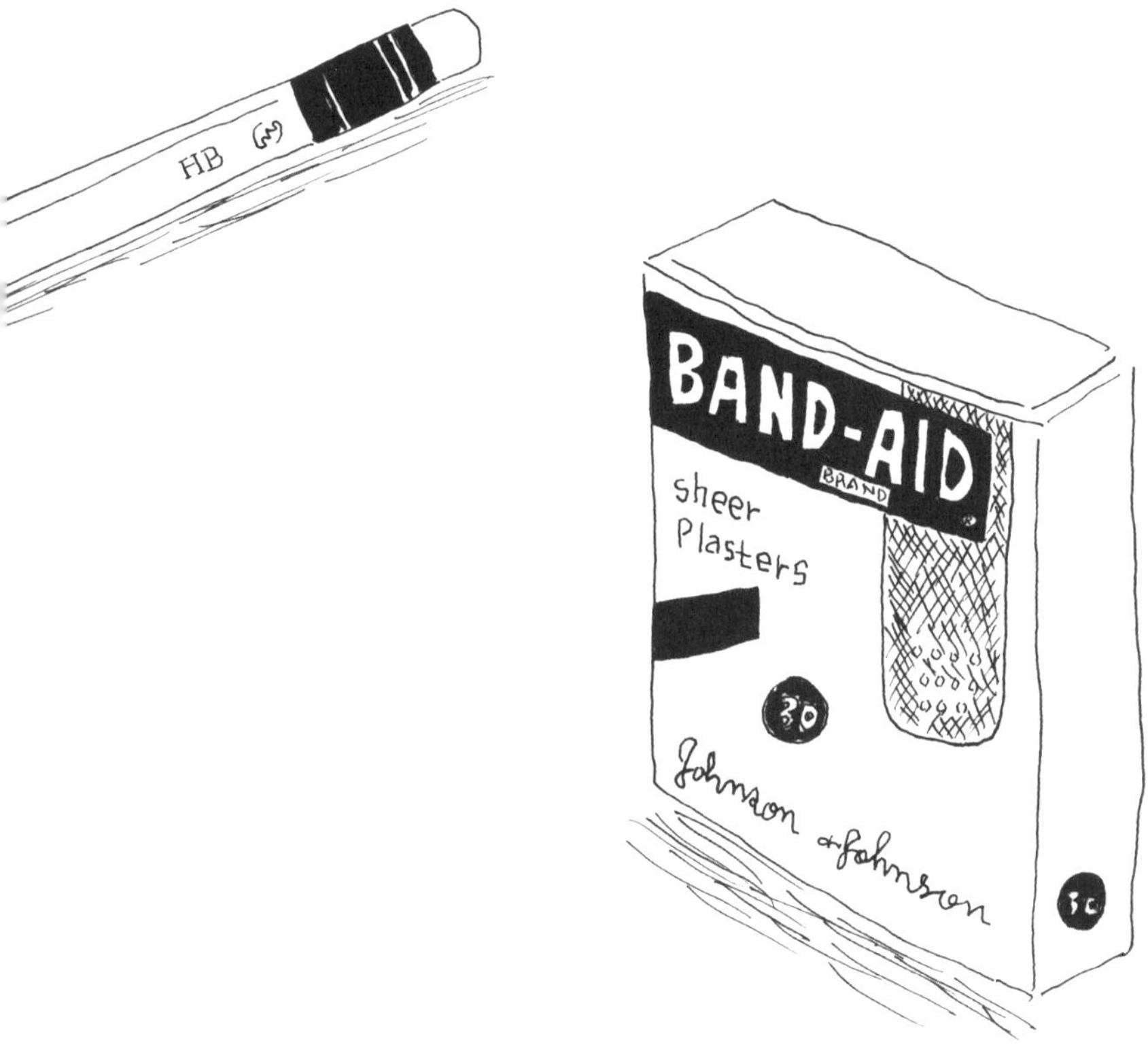
HB
BAND-AID
BRAND
sheer
Plasters
30
Johnson & Johnson
30

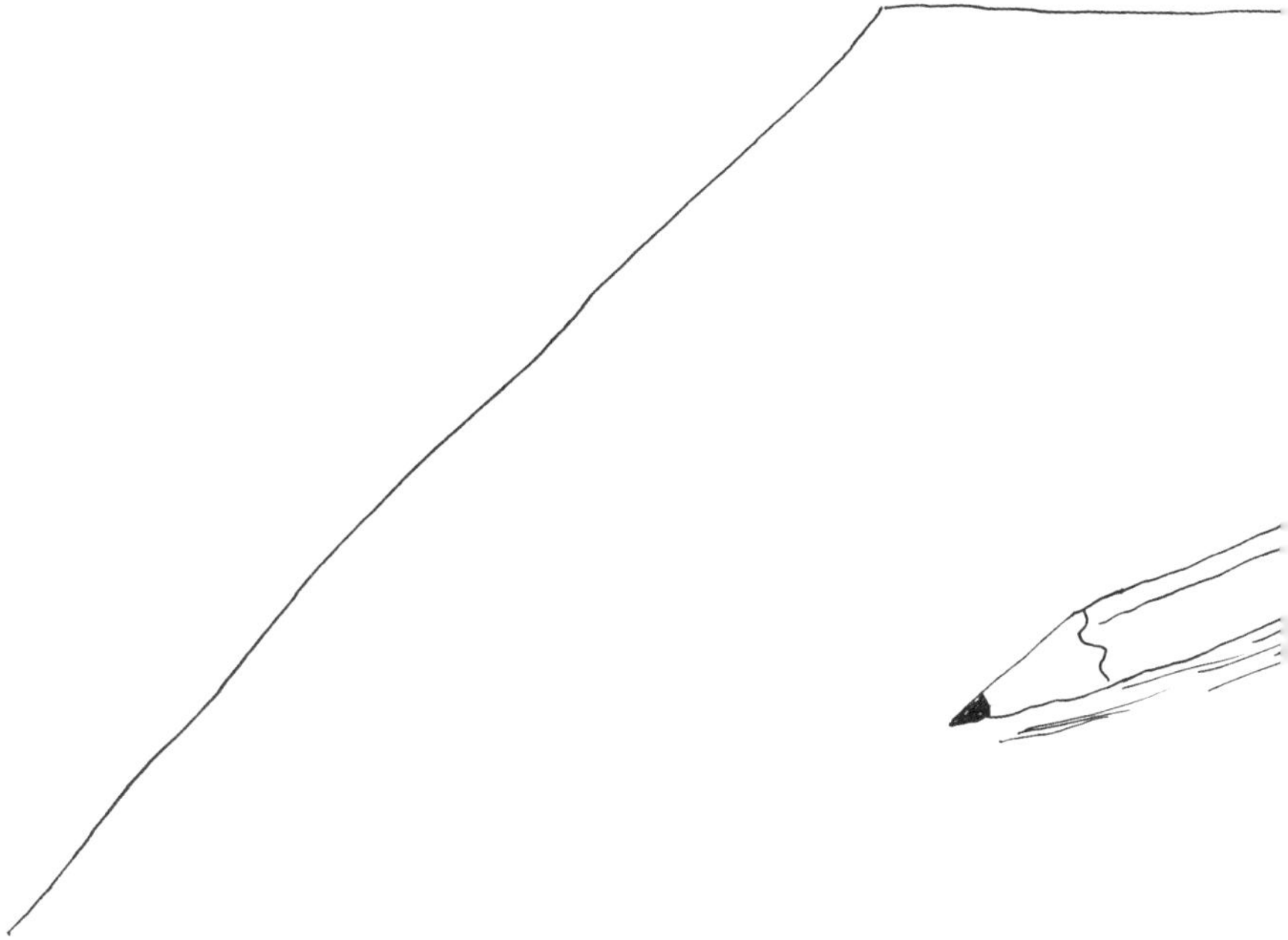

に顔をつけてしゃべったり眠ったりするのを眺めるのも好きだった。でも、それだけだ。それから先のことなんて何ひとつわからない。

彼女と会う二週間ばかりをのぞけば、僕の人生はおそろしく単調なものだった。たまに大学に行って講義を受け、なんとか人なみの単位は取った。それから一人で映画をみたり、わけもなく街をぶらぶらしたり、仲の良い女ともだちとセックス抜きのデートをしたりした。何人もで集まったり騒いだりするのが苦手だったせいで、まわりではもの静かな人間だと思われていた。一人でいる時はロックンロールばかり聴いていた。幸せなような気もしたし、不幸せなような気もした。でもあの頃って、みんなそういうものだ。

ある夏の朝、七月の始め、恋人から長い手紙が届いて、そこには僕と別れたいと書いてあった。あなたのことはずっと好きだし、今でも好きだし、これからも……云々。要するに別れたいということだ。新しいボーイ・フレンドができたのだ。僕は首を振って煙草を六本吸い、外に出て缶ビールを飲み、部屋に戻ってまた煙草を吸った。それから机の上にあるＨＢの長い鉛筆の軸を三本折った。べつに腹を立てたわけじゃない。何をすればいいのかよくわからなかっただけだ。そして服を着替えて仕事にでかけた。それからしばらくのあいだ、僕はまわりのみんなから「ずいぶん明るくなったね」と言われた。人生ってよくわからない。

僕はその年、芝刈りのアルバイトをしていた。芝刈り会社は小田急線の経堂駅の近くにあって、結構繁盛していた。大抵の人間は家を建てると庭に芝生を植える。あるいは犬を飼う。これは条件反射みたいなものだ。一度に両方やる人もいる。それはそれで悪くない。芝生の緑は綺麗だし、犬は可愛い。しかし半年ばかりすると、みんな少しう

んざりしはじめる。芝生は刈らなくてはならないし、犬は散歩させなくてはならないのだ。なかなかうまくいかない。

まあとにかく、我々はそんな人々のために芝生を刈った。僕はその前の年の夏、大学の学生課で仕事をみつけた。僕の他にも何人か一緒に入った連中もいたが、みんなすぐにやめてしまって、僕だけが残った。仕事はきつかったが、給料は悪くなかった。それにあまり他人と口をきかなくて済む。僕向きだ。僕はそこに勤めて以来、少しまとまった額の金を稼いでいた。夏に恋人とどこかに旅行するための資金だ。しかし彼女と別れてしまった今となっては、そんなものはどうでもいい。僕は別れの手紙を受けとってから一週間くらい、その金の使いみちをあれこれと考えてみた。というより、金の使いみちくらいしか考えるべきことはなかった。なんだかわけのわからない一週間だった。僕のペニスは他人のペニスみたいに見えた。誰かが——僕の知らない誰かが——彼女の小さな乳首をそっと噛んでいるのだ。なんだかすごく変な気持だ。

　金の使いみちはとうとう思いつけなかった。誰かから中古車——スバルの１０００ＣＣ——を買わないかという話もあった。ものは悪くなかったし値段も手頃だったが、何故か気が進まない。スピーカーを新しく買い換えることも考えたが、僕の小さな木造アパートでは無理な相談だった。アパートを引越しても良かったが、引越す理由がなかった。アパートを引越してしまうと、スピーカーを買い換えるだけの金は残らないのだ。

　金の使いみちはなかった。夏物のポロシャツを一枚とレコードを何枚か買っただけで、あとはまるまる残った。それから性能の良いソニーのトランジスタ・ラジオも買った。大きなスピーカーがついていて、ＦＭがとてもきれいに入る。

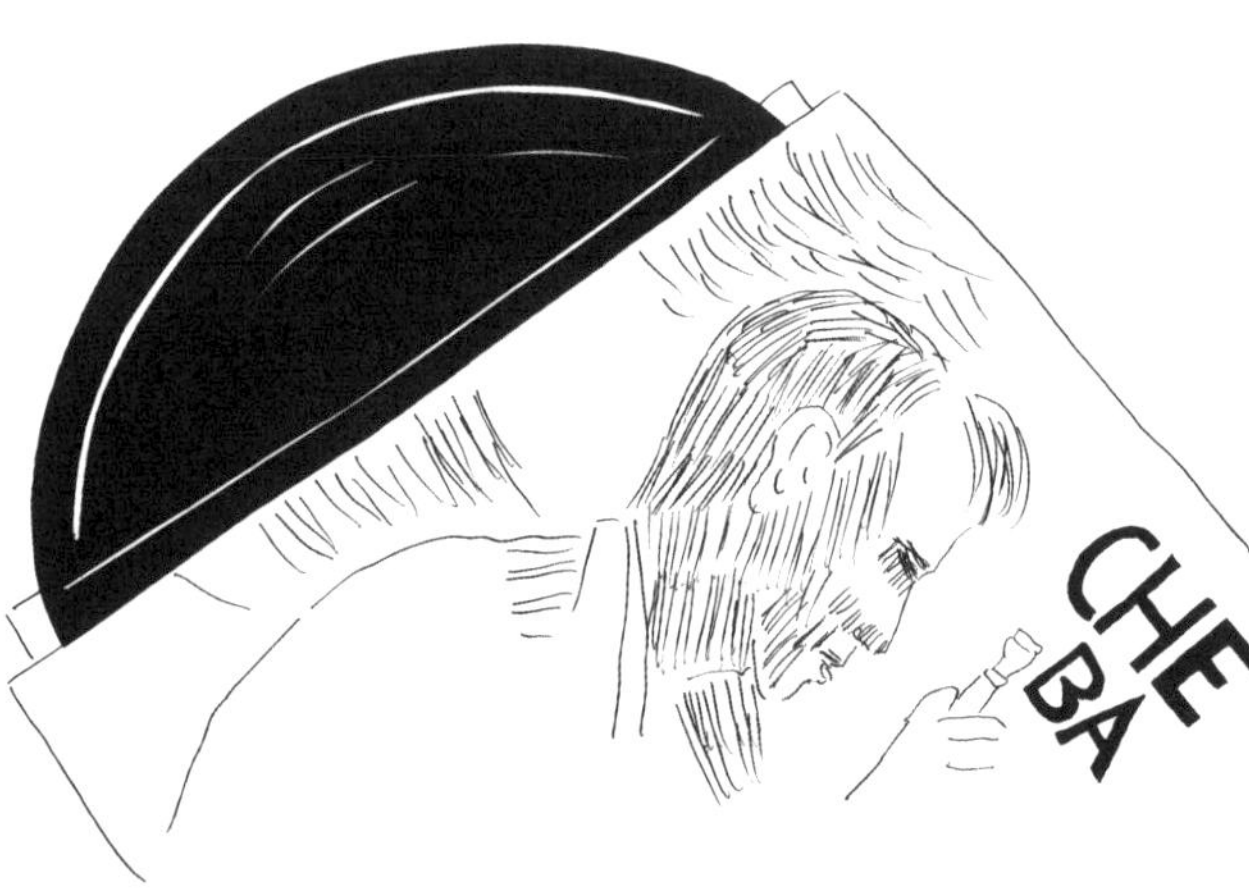
CHE
BA

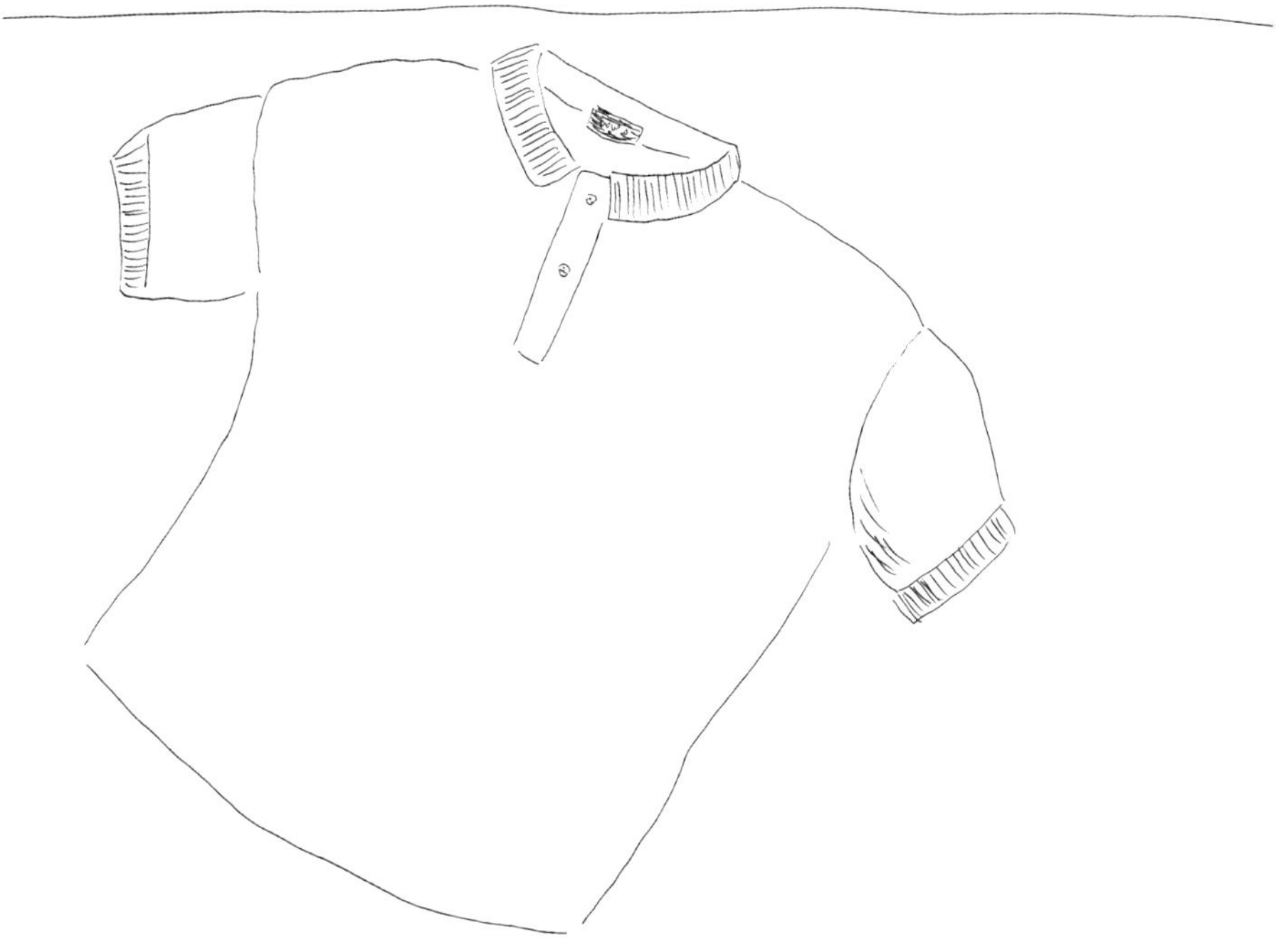

その一週間が経ったあとで、僕はひとつの事実に気づいた。つまり、金の使いみちがないのなら、使いみちのない金を稼ぐのも無意味なのだ。

僕はある朝芝刈り会社の社長に仕事をやめたいんですが、と言った。そろそろ試験勉強もしなくちゃいけないし、その前に旅行もしたいんです。まさかもう金がほしくないなんて言えない。

「そうか、残念だな」と社長（というか、植木職人といった感じのおじさんだ）は言った。それからため息をついて椅子に座り、煙草をふかした。顔を天井に向けてこりこりと首をまわした。「あんたはほんとうにとてもよくやってくれたよ。アルバイトの中じゃいちばんの古株だし、お得意先の評判もいいしな。ま、若いのに似合わずよくやってくれたよ」

どうも、と僕は言った。実際に僕はすごく評判がよかった。丁寧な仕事をしたせいだ。大抵のアルバイトは大型の電動芝刈機でざっと芝を刈ると、残りの部分はかなりいい加減にやってしまう。それなら時間も早く済むし、体も疲れない。僕のやり方はまったく逆だ。機械はいい加減に使って、手仕事に時間をかける。当然仕あがりは綺麗になる。ただしあがりは少ない。一件いくらという給料計算だからだ。庭のだいたいの面積で値段が決まる。それからずっとかがんで仕事をするものだから、腰がすごく痛くなる。これは実際にやった人じゃなくちゃわからない。慣れるまでは階段の上り下りにも不自由するくらいだ。

　僕はべつに評判を良くするためにこんなに丁寧な仕事をしたわけではない。信じてもらえないかもしれないけれど、ただ単に芝生を刈るのが好きだったのだ。毎朝芝刈ばさみを研ぎ、芝刈機を積んだライトバンで得意先に行き、芝を刈る。いろんな庭があり、いろんな芝があり、いろんな奥さんがいる。おとなしい親切な奥さんもいれば、つっけんどんな人もいる。ノーブラにゆったりしたTシャツを着て芝を刈る僕の前にかがみこみ、乳首まで見せてくれる若い奥さんだっている。

とにかく僕は芝を刈りつづけた。大抵の庭の芝はたっぷりと伸びている。まるで草むらみたいだ。芝が伸びていればいるほど、やりがいはあった。仕事が終ったあとで、庭の印象ががらりと変ってしまうのだ。これはすごく素敵な感じだ。まるで厚い雲がさっとひいて、太陽の光があたりに充ちたような感じだ。

一度だけ——仕事の終ったあとで——奥さんの一人と寝たことがある。三十一か二、それくらいの年の人だった。彼女は小柄で、小さな堅い乳房を持っていた。雨戸をぜんぶしめ、電灯を消したまっ暗な部屋の中で我々は交った。彼女はワンピースを着たまま下着を取り、僕の上に乗った。胸から下は僕に触れさせなかった。彼女の体はいやに冷やりとして、ワギナだけが暖かかった。彼女はほとんど口をきかなかった。僕も黙っていた。ワンピースの裾がさらさらと音をたて、それが遅くなったり早くなったりした。途中で一度電話のベルが鳴った。ベルはひとしきり鳴ってから止んだ。

あとになって、僕が恋人と別れることになったのはその時のせいじゃないかなとふと思ったりもした。べつにそう考えなければいけない理由があったわけではない。なんとなくそう思っただけだ。応えられなかった電話のベルのせいだ。でもまあ、それはいい。終ったことだ。

「でも困ったな」と社長は言った。「あんたがいま抜けちゃうと、予約がこなせないよ。いちばんのシーズンだしね」

梅雨のせいで芝がすっかり伸びているのだ。

「どうだろう、あと一週間だけやってくれないかな？　一週間あれば人手も入るし、なんとかやれると思うんだ。もしやってくれたら特別

にボーナスを出すよ」

いいですよ、と僕は言った。さしあたってとくにこれといった予定もないし、だいいち仕事じたいが嫌いなわけではないのだ。それにしても変なものだな、と僕は思う。金なんていらないと思ったとたんに金が入ってくる。


三日晴れがつづき、一日雨が降り、また三日晴れた。そんな風にして最後の一週間が過ぎた。夏だった。それもほれぼれするような見事な夏だ。空には古い思いでのように白い雲が浮かんでいた。太陽はじりじりと肌を焼いた。僕の背中の皮はきれいに三回むけ、もう真黒になっていた。耳のうしろまで真黒だった。

最後の仕事の朝、僕はTシャツとショートパンツ、テニス・シューズにサングラスという格好でライトバンに乗り込み、僕にとっての最後の庭に向った。車のラジオはこわれていたので、家から持って来たトランジスタ・ラジオでロックンロールを聴きながら車を運転した。クリーデンスとかグランド・ファンクとか、そんな感じだ。すべてが夏の太陽を中心に回転していた。僕はこまぎれに口笛を吹き、口笛を吹いていない時は煙草を吸った。ＦＥＮのニュース・アナウンサーは奇妙なイントネーションをつけたヴェトナムの地名を連発していた。

　僕の最後の仕事場は読売ランドの近くにあった。やれやれ。なんだって神奈川県の人間が世田ケ谷の芝刈りサービスを呼ばなきゃいけないんだ？

　でもそれについて文句を言う権利は僕にはなかった。何故なら僕は自分でその仕事を選んだからだ。朝会社に行くと黒板にその日の仕事場がぜんぶ書いてあって、めいめいが好きな場所を選ぶ。大抵の連中は近い場所を取る。往復の時間がかからないし、そのぶん数がこなせ

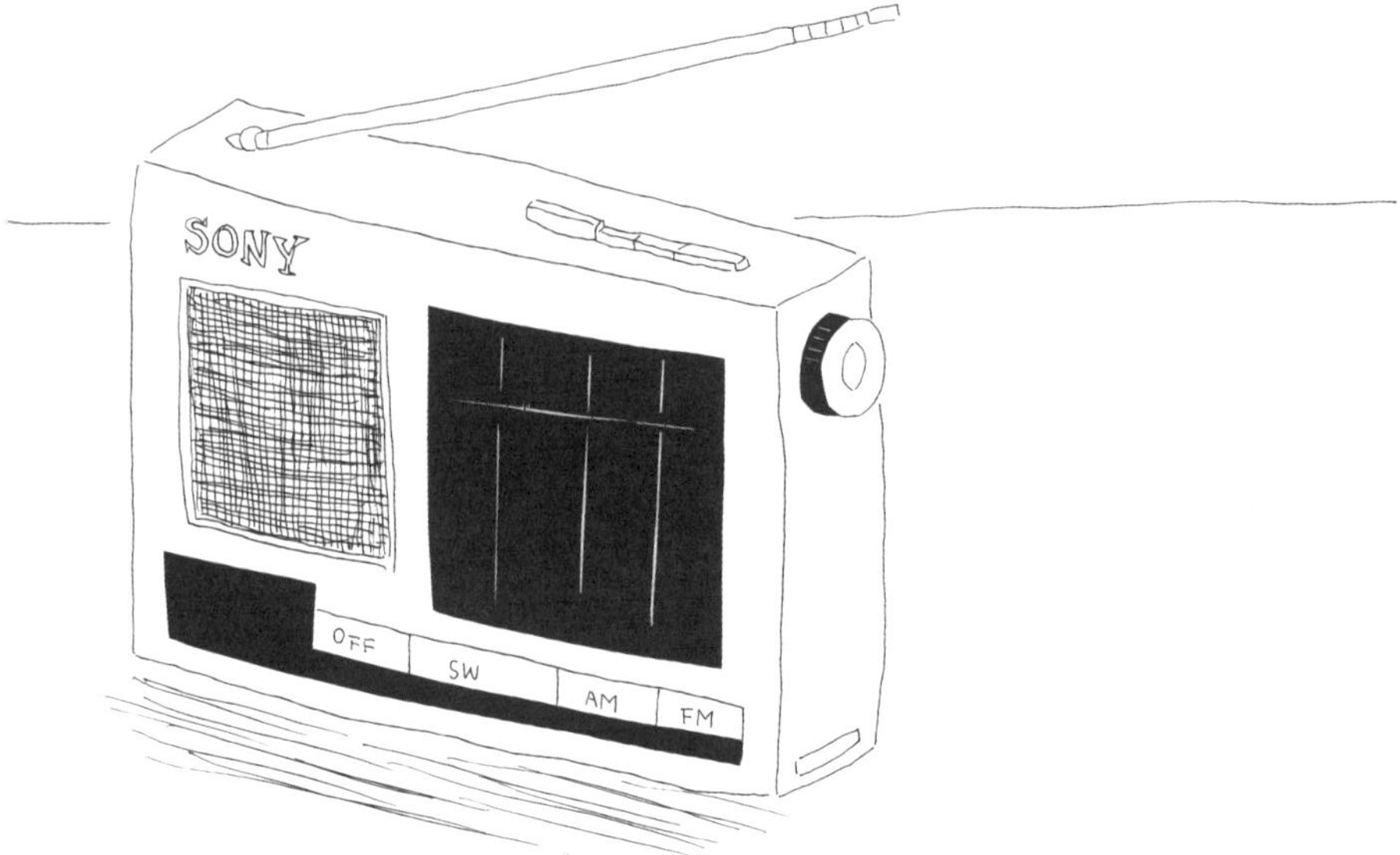
SONY
OFF
SW
AM
FM

るのだ。僕は逆になるべく遠くの仕事をとる。いつもそうだ。それについてはみんな不思議がった。前にも言ったように、僕はアルバイトの中ではいちばん古株だし、好きな仕事を最初に選ぶ権利があるからだ。

べつにたいした理由はない。遠くまで行くのが好きなのだ。遠くの庭で遠くの芝生を刈るのが好きなのだ。遠くの道の遠くの風景を眺めるのが好きなのだ。でもそんな風に説明したって、たぶん誰もわかってくれないだろう。

僕は車の窓をぜんぶ開けて運転した。都会を離れるにつれて風が涼しくなり、緑が鮮やかになっていった。草いきれと乾いた土の匂いが強くなり、空と雲のさかいめがくっきりとした一本の線になった。素晴しい天気だった。女の子と二人で夏の小旅行に出かけるには最高の日和だ。僕は冷やりとした海と熱い砂浜のことを考えた。それからエア・コンディショナーのきいた小さな部屋とぱりっとしたブルーのシーツのことを考えた。それだけだった。それ以外には何も考えつけなかった。砂浜とブルーのシーツが交互に頭に浮かんだ。

ガソリン・スタンドでタンクをいっぱいにしているあいだも同じことを考えていた。僕はスタンドの横の草むらに寝転んで、サービス係がオイルをチェックしたり窓を拭いたりするのをぼんやり眺めていた。地面に耳をつけるといろんな音が聞こえた。遠い波のような音も聞こえた。でももちろんそれは波の音なんかじゃない。地面に吸い込まれた音がいろいろとまざりあっただけなのだ。目の前の草の葉の上を小さな虫が歩いていた。羽のはえた小さな緑色の虫だ。虫は葉の先端まで行くと、しばらく迷ってから同じ道をあともどりしていった。べつに、とくにがっかりしたようにも見えなかった。

虫もやはり暑さを感じるのだろうか？

わからないな。
十分ばかりで給油が終った。サービス係が車のホーンを鳴らして僕にそれをしらせた。

*

目的の家は丘の中腹にあった。おだやかで上品な丘だ。曲りくねった両脇にはけやきの並木がつづいていた。どこかの家の庭では小さな男の子が二人、裸になってホースの水をかけあっていた。空に向けたしぶきが五十センチくらいの小さな虹を作っていた。誰かが窓を開けたままピアノの練習をしていた。とても上手いピアノだった。レコード演奏と間違えそうなくらいだ。
僕は家の前にライト・バンを停め、ベルを鳴らした。返事はなかった。まわりはおそろしくしんとしていた。人の姿もない。スペイン系の国によくある昼寝の時間みたいな感じだった。僕はもう一度ベルを鳴らした。そしてじっと返事を待った。

　こぢんまりとした感じの良い家だった。クリーム色のモルタル造りで、屋根のまん中から同じ色の四角い煙突がでていた。窓枠はグレーで、白いカーテンがかかっていた。どちらもおそろしいくらい日焼けしていた。古い家だが、古さがとても良く似合っていた。避暑地に行くと、よくこういう感じの家がある。半年だけ人が住み、半年は空き家になっている。そんな雰囲気だ。建物の存在感が生活の匂いを散らせてしまっているのだ。

　フランスづみのれんがの塀は腰までの高さしかなく、その上はバラの垣根になっていた。バラの花はすっかり落ちて、緑の葉がまぶしい夏の光をいっぱいに受けていた。芝生の様子までは見えなかったが、

庭は結構広く、大きなくすの木がクリーム色の壁に涼し気な影を落としていた。

三度めのベルを鳴らした時玄関のドアがゆっくりと開いて、中年の女が現われた。おそろしく大きな女だった。僕も決して小柄な方ではないのだが、彼女の方が僕よりも三センチは高かった。肩幅も広く、まるで何かに腹を立てているみたいに見えた。年はおそらく五十前後というところだ。美人ではないにしても、顔つきは端整だった。もっとも端整とはいっても人が好感を抱くようなタイプの顔ではない。濃い眉と四角い顎は言い出したらあとには引かないという強情さをうかがわせた。

彼女は眠そうなとろんとした眼で面倒臭そうに僕を見た。白髪が僅かにまじった固い髪が頭の上で波うち、茶色い木綿のワンピースの肩口からはがっしりとした二本の腕がだらんと垂れ下がっていた。腕は真白だった。「なんだい？」と彼女は言った。

「芝生を刈りに来ました」と僕は言った。それからサングラスをはずした。

「芝生？」と彼女は首をひねった。「芝生を刈るんだね？」

「ええ、電話をいただきましたので」

「うん。ああそうだね、芝生だ。今日は何日だっけ？」

「十四日です」

彼女はあくびをした。「そうか。十四日か」それからもう一度あくびをした。「ところで煙草持ってる？」

僕はポケットからショート・ホープを出して彼女に渡し、マッチで火を点けてやった。彼女は気持良さそうに空にむけてふうっと煙を吐いた。

「やんなよ」と彼女は言った。「どれくらいかかる？」

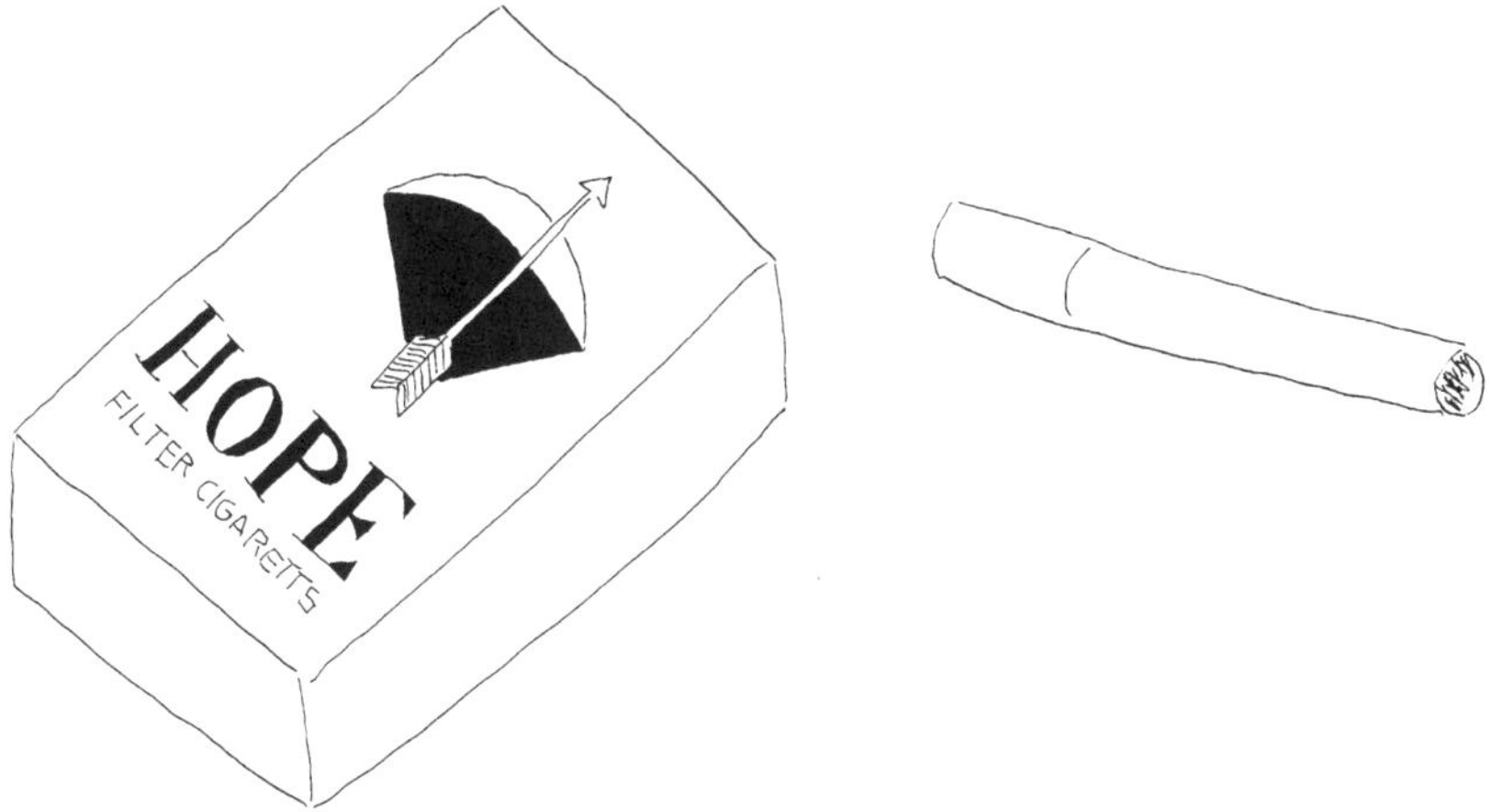
HOPE
FILTER CIGARETTS

「時間ですか？」

彼女は顎をぐっと前に出して肯いた。

「広さと程度によりますね。拝見していいですか？」

「いいともさ。だいいち見なきゃやれないだろ」

僕は彼女のあとをついて庭にまわった。庭は平べったい長方形で、六十坪ほどの広さだった。額あじさいの繁みがあり、くすの木が一本はえていた。あとは芝生だ。窓の下に空っぽの鳥かごが二つ放り出されていた。庭の手入れは行き届いていて、芝生はたいして刈る必要もないくらい短かった。僕はちょっとがっかりした。

「これならあと二週間はもちますよ。今刈ることもありませんね」

「それはあたしが決めることだよ。そうだろ？」

僕はちょっと彼女を見た。まあたしかにそのとおりだ。

「もっと短くしてほしいんだよ。そのために金を払うんだ。いいじゃないか」

僕は肯いた。「四時間で済みます」

「えらくゆっくりじゃないか」

「ゆっくりやりたいんです」と僕は言った。

「まあお好きに」と彼女は言った。


僕はライトバンから電動芝刈機と芝刈ばさみとくまでとごみ袋とアイスコーヒーを入れた魔法瓶とトランジスタ・ラジオを出して庭に運んだ。太陽はどんどん中空に近づき、気温はどんどん上っていた。僕が道具を運んでいるあいだ、彼女は玄関に靴を十足ばかり並べてぼろきれでほこりを払っていた。靴は全部女もので、小さなサイズと特大のサイズの二種類だった。

「仕事をしているあいだ音楽をかけてかまいませんか」と僕は訊ねて

みた。

彼女はかがんだまま僕を見上げた。「いいともさ。あたしも音楽は好きだよ」

僕は最初に庭におちている小石をかたづけ、それから芝刈機をかけた。石をまきこむと刃がいたんでしまうのだ。芝刈機の前面にはプラスチックのかごがついていて、刈った芝は全部そこに入るようになっている。かごがいっぱいになるとそれを取りはずしてごみ袋に捨てた。庭が六十坪もあると、短い芝でも結構量を刈ることになる。太陽はじりじりと照りつけた。僕は汗で濡れたTシャツを脱ぎ、ショートパンツ一枚になった。まるで体裁の良いバーベキューみたいな感じだ。こんな風にしているとどれだけ水を飲んでも小便なんか一滴も出ない。全部汗になってしまうのだ。

一時間ほど芝刈機をかけてからひと休みして、くすの木の影に座ってアイスコーヒーを飲んだ。糖分が体の隅々にしみこんでいった。頭上では蟬が鳴きつづけていた。ラジオのスイッチを入れ、ダイヤルを回して適当なディスク・ジョッキーを探した。スリー・ドッグ・ナイトの「ママ・トールド・ミー」が出てきたところでダイヤルを止め、あおむけに寝転んでサングラスを通して木の枝と、そのあいだから洩れてくる日の光を眺めた。

彼女がやってきて僕のそばに立った。下から見上げると、彼女はくすの木みたいに見えた。彼女は右手にグラスを持っていた。グラスの中には氷とウィスキーが入っていて、それが夏の光にちらりと揺れていた。

「暑いだろ?」と彼女は言った。

「そうですね」と僕は言った。

「昼飯はどうするね?」と彼女は言った。

僕は腕時計を見た。十一時二十分だった。

「十二時になったらどこかに食べに行きます。近くにハンバーガー・スタンドがありましたから」

「わざわざ行くことないさ。あたしがサンドイッチでも作ってやるよ」

「本当にいいんです。いつもどこかに食べに行ってますから」

彼女はウィスキー・グラスを持ちあげて、一口で半分ばかり飲んだ。それから口をすぼめてふうっと息を吐いた。「かまわないよ。どうせついでだからさ。自分のぶんだって作るんだ。食べなよ」

「じゃあいただきます。どうもありがとう」

「いいさ」と彼女は言った。それからゆっくりと肩をゆすりながら家の中にひきあげていった。

十二時まではさみで芝を刈った。まず機械で刈った部分のむらを揃え、それをくまでで掃きあつめてから、今度は機械で刈れなかった部分を刈る。気の長い仕事だ。適当にやろうと思えば適当にやれるし、きちんとやろうと思えばいくらでもきちんとやれる。しかしきちんとやったからそれだけ評価されるかというと、そうとは限らない。ぐずぐずやっていると見られることもある。それでも前にも言ったように、かなり僕はきちんとやる。これは性格の問題だ。それからたぶんプライドの問題だ。

　十二時のサイレンがどこかで鳴ると、彼女は僕を台所にあげてサンドイッチを出してくれた。広くはないがさっぱりとした清潔な台所だった。巨大な冷蔵庫がうなっている他はとても静かだった。食器もスプーンも古い時代のものだった。彼女はビールを勧めてくれたが、僕は仕事中だからと言って断った。彼女はかわりにオレンジ・ジュースを出してくれた。ビールは彼女が飲んだ。テーブルの上には半分に減

WHITE
WHITE HORSE
Fine Old
Scotch Whisky

ったホワイト・ホースの瓶もあった。流しの下にはいろんな種類の空瓶が転がっていた。

サンドイッチは美味かった。ハムとレタスときゅうりのサンドイッチで、辛子がぴりっときいていた。とてもおいしいです、と僕は言った。サンドイッチだけは上手いんだよ、と彼女は言った。彼女はひときれも食べなかった。ピックルスをふたつかじっただけで、あとはビールを飲んでいた。彼女はべつに何も話さなかったし、僕の方にも話すことはなかった。

十二時半に僕は芝生に戻った。最後の午後の芝生だ。

僕はＦＥＮのロックンロールを聴きながら芝生を丁寧に刈り揃えた。何度もくまでで刈った芝を払い、よく床屋がやるようにいろんな角度から刈り残しがないか点検した。一時半までに三分の二が終った。汗が何度も目に入り、そのたびに庭の水道で顔を洗った。何度かペニスが勃起し、そしておさまった。芝を刈りながら勃起するなんてなんだか馬鹿げている。

二時二十分に仕事は終った。僕はラジオを消し、裸足になって芝生の上をぐるりとまわってみた。満足のいく出来だった。刈り残しもないし、むらもない。絨毯のようになめらかだ。

「あなたのことは今でもとても好きです」と彼女は最後の手紙に書いていた。「やさしくてとても立派な人だと思っています。でもある時、それだけじゃ足りないんじゃないかという気がしたんです。どうしてそんな風に思ったのか私にもわかりません。それにひどい言い方だと思います。たぶん何の説明にもならないでしょう。十九というのは、とても嫌な年齢です。あと何年かたったらもっとうまく説明できるかもしれない。でも何年かたったあとでは、たぶん説明する必要もなくなってしまうんでしょうね」

僕は水道で顔を洗い、道具をライトバンに運び、新しいTシャツを着た。そして玄関のドアを開けて仕事が終ったことを知らせた。

「ビールでも飲みなよ」と彼女は言った。

「ありがとう」と僕は言った。ビールぐらい飲んだっていいだろう。

我々は庭先に並んで芝生を眺めた。僕はビールを飲み、彼女は細長いグラスでレモン抜きのウォッカ・トニックを飲んでいた。酒屋がよくおまけにくれるようなグラスだ。蟬はまだ鳴きつづけていた。彼女は少しも酔払ったようには見えなかった。息だけが少し不自然だった。すうっという歯のあいだから洩れるような息だ。

「あんたはいい仕事をするよ」と彼女は言った。「これまでいろんな芝生屋呼んだけど、こんなにきちんとやってくれたのはあんたが始めてさ」

「どうも」と僕は言った。

「死んだ亭主が芝生にうるさくってね。いつも自分できちんと刈ってたよ。あんたの刈り方とすごく似てる」

　僕は煙草を出して彼女にすすめ、二人で煙草を吸った。彼女の手は僕の手よりも大きかった。右手のグラスも左手のショート・ホープもとても小さく見えた。指は太く、指輪もない。爪にははっきりとした縦の線が何本か入っていた。

「亭主は休みになると芝生ばかり刈ってたよ。それほど変人ってわけでもなかったんだけどね」

　僕はこの女の夫のことを少し想像してみた。うまく想像できなかった。くすの木の夫婦を想像できないのと同じことだ。

　彼女はまたすうっという息をはいた。

「亭主が死んでからは」と女は言った。「ずっと業者に来てもらってんだよ。あたしは太陽に弱いし、娘は日焼けを嫌がるしさ。ま、日焼

けはべつにしたって若い女の子が芝刈りなんてやるわきゃないけどね」

僕は肯いた。

「でもあんたの仕事っぷりは気に入ったよ。芝生ってのはこういう風に刈るもんさ」

僕はもう一度芝生を眺めた。彼女はげっぷをした。

「来月もまた来なよ」

「来月はだめなんです」と僕は言った。

「どうして?」と彼女は言った。

「今日が仕事の最後なんです」と僕は言った。「そろそろ学生に戻って勉強しないと単位があぶなくなっちゃうものですから」

彼女はしばらく僕の顔を見てから、足もとを眺め、それからまた顔を見た。

「学生なのかい?」

「ええ」と僕は言った。

「どこの学校？」

僕は大学の名前を言った。大学の名前はべつに彼女にたいした感動を与えなかった。感動を与えるような大学ではないのだ。彼女は人さし指で耳のうしろをかいた。

「もうこの仕事はやらないんだね」

「ええ、今年の夏はね」と僕は言った。今年の夏はもう芝刈りはやらない。来年の夏も、そして再来年の夏も。

彼女はうがいでもするみたいな感じでウォッカ・トニックを口にふくみ、それからいとおしそうに半分ずつ飲み下した。汗が額いっぱいに吹き出ていた。小さな虫がはりついているみたいに見えた。

「中に入んなよ」と女は言った。「外は暑すぎるよ」

僕は腕時計を見た。二時三十五分。遅いのか早いのかよくわからない。仕事はもう全部終っていた。明日からはもう一センチだって芝生を刈らなくていいのだ。とても妙な気持だ。

「急いでんのかい？」と女が訊ねた。

僕は首を振った。

「じゃあうちにあがって冷たいものでも飲んでいきな。たいして時間はとらないよ。それにあんたにちょっと見てほしいものもあるんだ」

見てほしいもの？

でも僕には迷う余裕なんてなかった。彼女は先にたってすたすたと歩き出した。僕の方を振りかえりもしなかった。僕はしかたなく彼女のあとを追った。暑さで頭がぼんやりしていた。

家の中は相変らずしいんとしていた。夏の午後の光の洪水の中から突然屋内に入ると、瞼の奥がちくちく痛んだ。家の中には水でといたような淡い闇が漂っていた。何十年も前からそこに住みついてしまっているような感じの闇だ。べつにとくに暗いというわけではなく、淡い闇だった。空気は涼しかった。エア・コンディショナーの涼しさではなく、空気の動いている涼しさだった。どこかから風が入って、どこかに抜けていくのだ。

「こっちだよ」と彼女は言って、まっすぐな廊下をぱたぱたと音を立てて歩いた。廊下にはいくつか窓がついていたが、隣家の石塀と育ちすぎたけやきの枝が光をさえぎっていた。廊下にはいろんな匂いがした。どの匂いも覚えのある匂いだった。時間が作り出す匂いだ。時間が作りだし、そしてまたいつか時間が消し去っていく匂いだ。古い洋服や古い家具や、古い本や、古い生活の匂いだ。廊下のつきあたりに階段があった。彼女は後を向いて僕がついてきていることを確かめてから階段を上った。彼女が一段上るごとに古い木材がみしみしと音を立てた。

階段を上るとやっと光が射していた。踊り場についた窓にはカーテンもなく、夏の太陽が床の上に光のプールを作っていた。二階には部屋は二つしかない。ひとつは納戸で、もうひとつがきちんとした部屋だった。くすんだ薄いグリーンのドアに、小さなすりガラスの窓がついている。グリーンのペンキは少しひびわれ、真鍮のノブは把手の部分だけが白く変色していた。

彼女は口をすぼめてふうっと息をつくとほとんど空になったウォッカ・トニックのグラスを窓枠に置き、ワンピースのポケットから鍵の束を出し、大きな音を立ててドアの鍵を開けた。

「入んなよ」と彼女は言った。我々は部屋に入った。中は真暗でむっとしていた。暑い空気がこもっている。閉め切った雨戸のすきまから銀紙みたいに平べったい光が幾筋か部屋の中に射し込んでいた。何も見えなかった。ちらちらと塵が浮かんでいるのが見えるだけだった。

彼女はカーテンを払ってガラス戸を開け、がらがらと雨戸を引いた。眩しい光と涼しい南風が一瞬のうちに部屋に溢れた。

部屋は典型的なティーン・エイジャーの女の子の部屋だった。窓際に勉強机があり、その反対側に小さな木のベッドがあった。ベッドにはしわひとつないコーラル・ブルーのシーツがかかっていて、同じ色の枕が置いてあった。足もとには毛布が一枚畳んである。ベッドの横には洋服ダンスとドレッサーがあった。ドレッサーの前には化粧品がいくつか並んでいた。ヘアブラシとか小さなはさみとか口紅とかコンパクトとか、そういったものだ。とくに熱心に化粧をするというタイプではないようだった。

机の上にはノートや辞書があった。フランス語の辞書と英語の辞書だった。かなり使いこまれているように見える。それも乱暴な使われ方ではなく、きちんとした使い方だった。ペン皿にはひととおりの筆

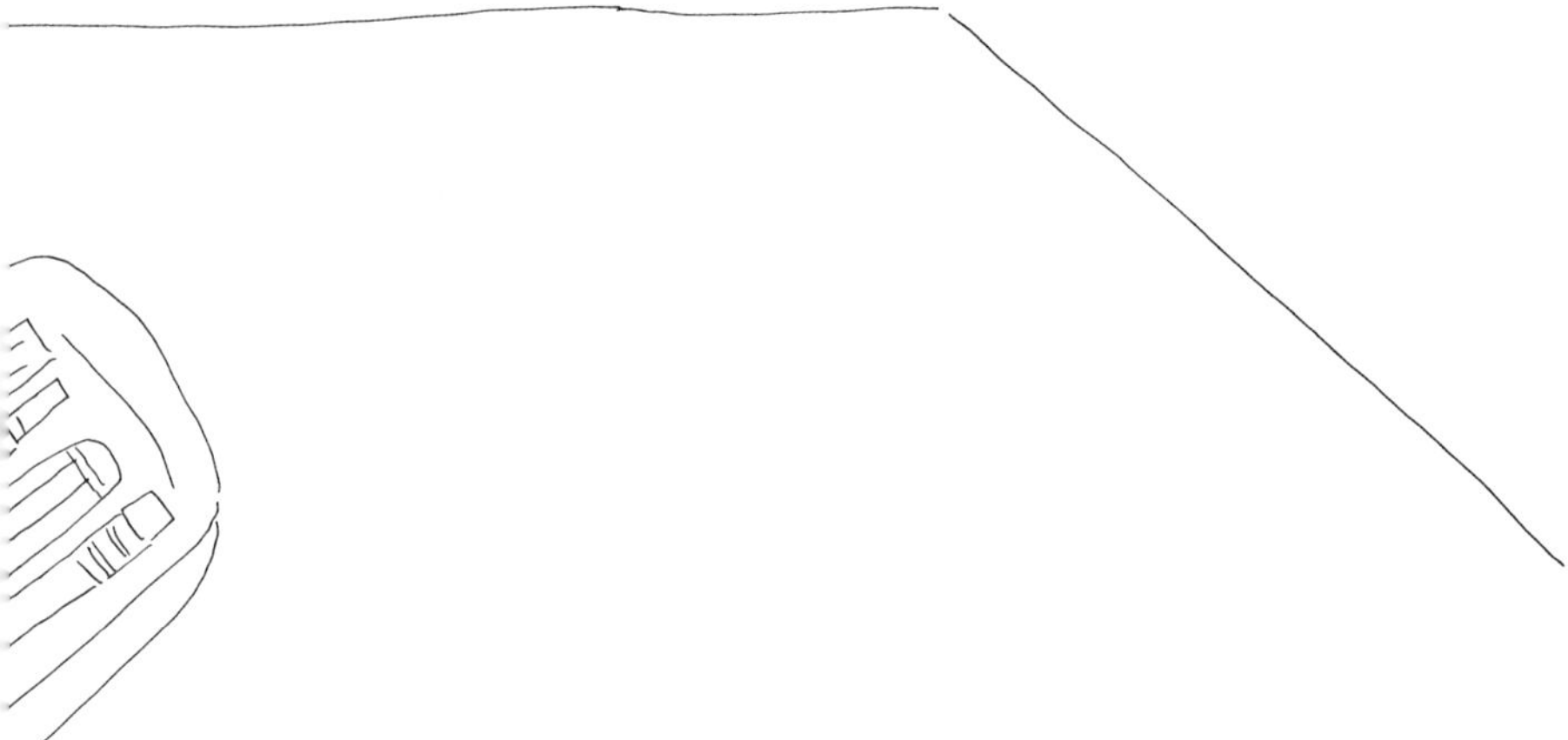

FRENCH
FRENCH

記具が頭を揃えて並べられていた。消しゴムは片側だけが丸く減っていた。それから目覚し時計と電気スタンドとガラスの文鎮。どれも簡素なものだった。木の壁には鳥の原色画が五枚と数字だけのカレンダーがかかっていた。机の上に指を走らせてみると、指がほこりで白くなった。一カ月ぶんくらいのほこりだ。カレンダーも六月のものだった。

全体としてみれば部屋はこの年頃の女の子にしてはさっぱりしたものだった。ぬいぐるみもなければ、ロック・シンガーの写真もない。けばけばしい飾りつけもなければ、花柄のごみ箱もない。作りつけの本棚にはいろんな本が並んでいた。文学全集があったり、詩集があったり、映画雑誌があったり、絵画展のパンフレットがあったりした。英語のペーパーバックも何冊か並んでいた。僕はこの部屋の持ち主の姿を想像してみたが、うまくいかなかった。別れた恋人の顔しか浮かんでこなかった。

大柄な中年の女はベッドに腰を下ろしたままじっと僕を見ていた。彼女は僕の視線をずっと追っていたが、何かまったくべつのことを考えているように見えた。目が僕の方を向いているというだけで、本当は何も見ていなかった。僕は机の椅子に座って彼女のうしろのしっくいの壁を眺めた。壁には何もかかっていなかった。ただの白い壁だった。じっと壁を眺めていると、それは上の方で手前に傾いているように見えた。今にも彼女の頭上に崩れかかってくるような感じだった。でももちろんそんなことはない。光線の加減でそんな風に見えるだけだ。

「何か飲まないか?」と彼女が言った。僕は断った。

「遠慮しなくったっていいんだよ。べつに取って食やしないんだから」

じゃあ同じものを薄くして下さい、と僕は言って彼女のウォッカ・

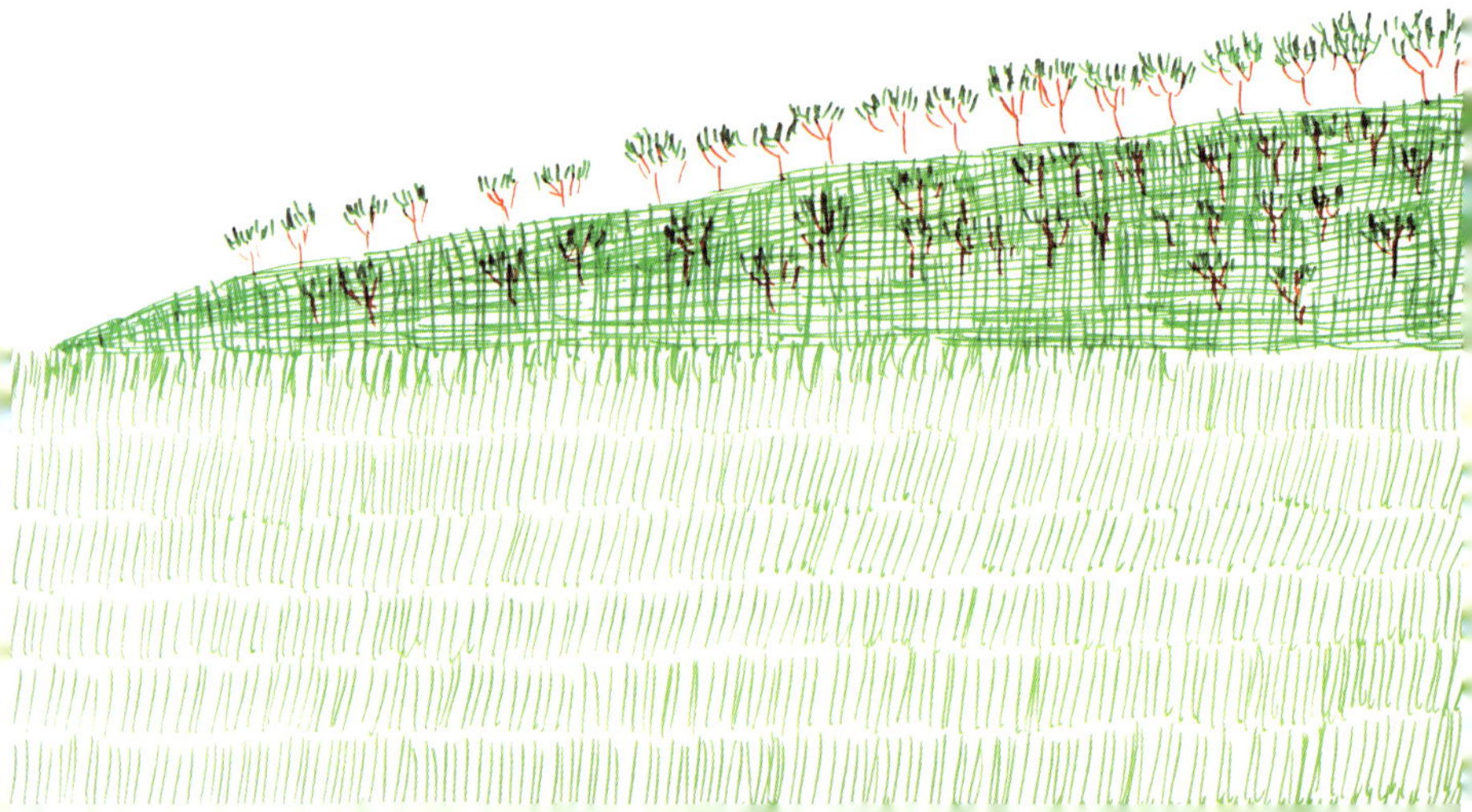

トニックを指さした。

彼女は五分後にウォッカ・トニックを二杯と灰皿を持って戻ってきた。僕は自分のウォッカ・トニックを一口飲んだ。全然薄くなかった。僕は氷が溶けるのを待ちながら煙草を吸った。彼女はベッドに座って、おそらくは僕のよりずっと濃いウォッカ・トニックをちびちびと飲んでいた。時々こりこりという音をたてて氷をかじった。

「体が丈夫なんだ」と彼女は言った。「だから酔払わないんだ」

僕は曖昧に肯いた。僕の父親もそうだった。でもアルコールと競争して勝った人間はいない。自分の鼻が水面の下に隠れてしまうまでいろんなことが気がつかないというだけの話なのだ。父親は僕が十六の年に死んだ。とてもあっさりとした死に方だった。生きていたかどうかさえうまく思い出せないくらいあっさりした死に方だった。

彼女はずっと黙っていた。グラスをゆするたびに氷の音がした。開いた窓から時々涼しい風が入ってきた。風は南の方からべつの丘を越えてやってきた。このまま眠ってしまいたくなるような静かな夏の午後だ。どこか遠くで電話のベルが鳴っていた。

「洋服ダンスを開けてみなよ」と彼女が言った。僕は洋服ダンスの前まで行って、言われたとおり両開きのドアを開けた。タンスの中にはぎっしりと服が吊るされていた。半分がワンピースで、あとの半分がスカートやブラウスやジャケットだった。全部夏ものだ。古いものもあれば殆んど袖の通されていないものもあった。スカート丈は大部分がミニだ。趣味もものも悪くなかった。とくに人目につくというわけではないけれど、とても感じはいい。これだけ服が揃っていれば一夏、デートのたびに違った服装ができる。しばらく洋服の列を眺めてから僕はドアを閉めた。

「素敵ですね」と僕は言った。

「引出しも開けてみなよ」と彼女は言った。僕はちょっと迷ったがあきらめて洋服ダンスについた引出しをひとつずつ開けてみた。女の子の留守中に部屋をひっかきまわすことが――たとえ母親の許可があったにせよ――まともな行為だとはとても思えなかったが、逆らうのもまた面倒だった。朝の十一時から酒を飲んでいる人間が何を考えているかなんて僕にはわからない。いちばん上の大きな引出しにはジーパンやポロシャツやTシャツが入っていた。洗濯され、きちんと折り畳まれ、しわひとつなかった。二段目にはハンドバッグやベルトやハンカチやブレスレットが入っていた。布の帽子もいくつかある。三段目には下着と靴下が入っていた。何もかもが清潔できちんとしていた。僕はたいしたわけもなく悲しい気分になった。なんだかちょっと胸が重くなるような感じだった。それから引出しを閉めた。

女はベッドに腰かけたまま窓の外の風景を眺めていた。右手に持ったウォッカ・トニックのグラスは殆んどからになっていた。

僕は椅子に戻って新しい煙草に火を点けた。窓の外はなだらかな傾斜になっていて、その傾斜が終ったあたりから、またべつの丘が始まっていた。緑の起伏がどこまでも続き、そこに貼りつくように住宅地がつらなっていた。どの家にも庭があり、どの庭にも芝生がはえていた。

「どう思う?」と彼女は窓に目をやったまま言った。「彼女についてさ」

「会ったこともないのにわかりませんよ」と僕は言った。

「服を見れば大抵の女のことはわかるよ」と女は言った。

僕は恋人のことを考えた。そして彼女がどんな服を着ていたか思い出してみた。まるで思い出せなかった。僕が彼女について思い出せることは全部漠然としたイメージだった。僕が彼女のスカートを思い出

そうとするとブラウスが消え失せ、僕が帽子を思い出そうとすると、彼女の顔は誰かべつの女の子の顔になっていた。ほんの半年前のことなのに何ひとつ思い出せなかった。結局のところ、僕は彼女についていったい何を知っていたのだろう？

「わかりません」と僕は繰り返した。

「感じでいいんだよ。どんなことでもいいよ。ほんのちょっとでも聞かせてくれればいいんだ」

僕は時間を稼ぐためにウォッカ・トニックをひと口飲んだ。氷は殆んど溶け、トニック・ウォーターは甘い水みたいになっていた。ウォッカの強い匂いが喉もとを過ぎ、胃に下りてぼんやりとした暖かみになった。窓から吹き込んだ風が机の上に煙草の白い灰を散らせた。

「とても感じのいいきちんとした人みたいですね」と僕は言った。

「あまり押しつけがましくないし、かといって性格が弱いわけでもない。成績は中の上クラス。学校は女子大か短大、友だちはそれほど多くないけれど、仲は良い。……合ってますか?」

「続けなよ」

僕は手の中でグラスを何度か回してから机に戻した。「それ以上はわかりませんよ。だいいちいま言ったことだって合っているかどうかまるで自信がないんです」

「だいたい合ってるよ」と彼女は無表情に言った。「だいたい合ってる」

彼女の存在が少しずつ部屋の中に忍びこんでいるような気がした。彼女はぼんやりとした白い影のようだった。顔も手も足も、何もない。光の海が作りだしたほんのちょっとした歪みの中に彼女はいた。僕はウォッカ・トニックをもうひと口飲んだ。

「ボーイ・フレンドはいます」と僕は続けた。「一人か二人。わから

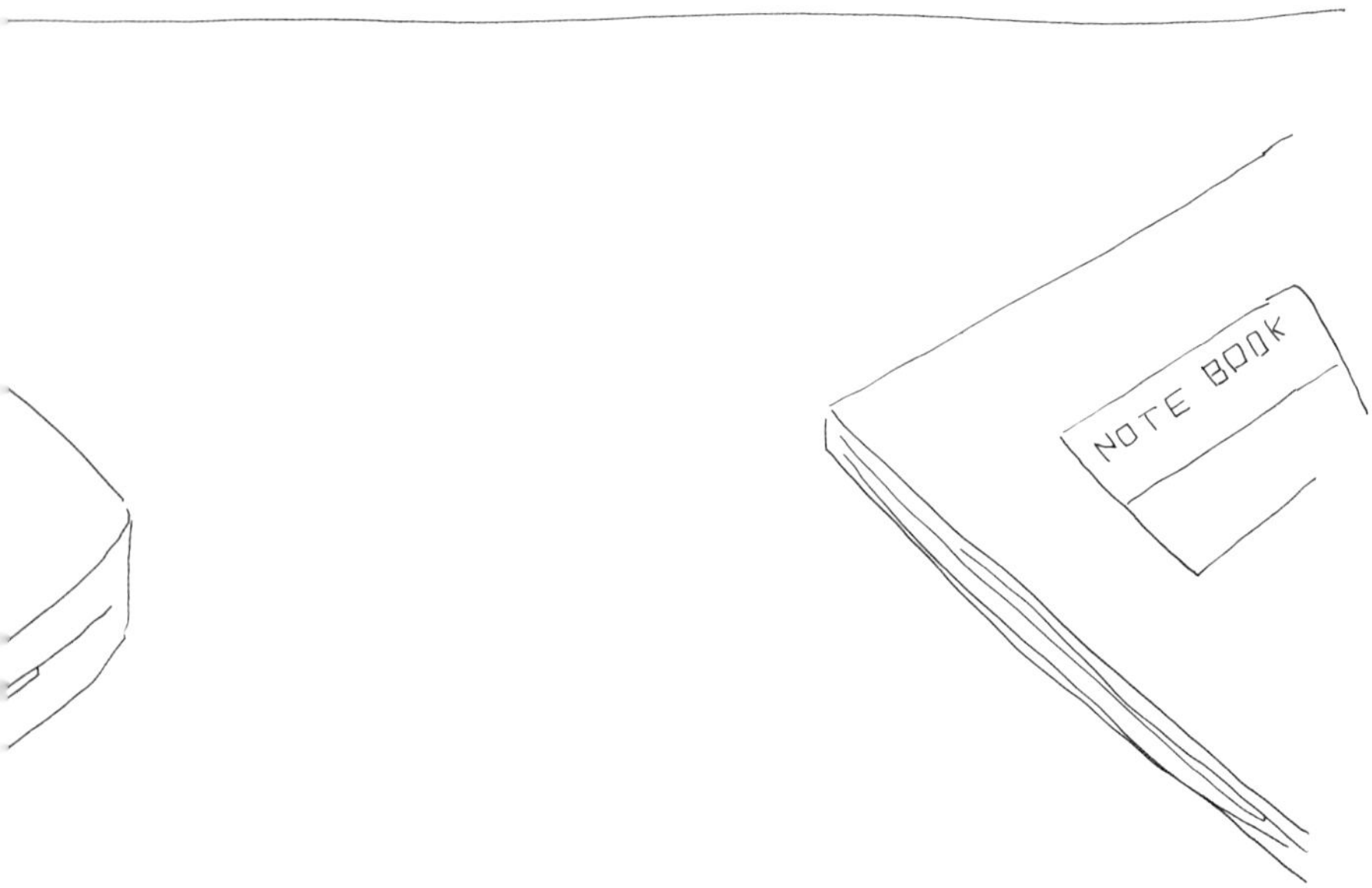
NOTE BOOK

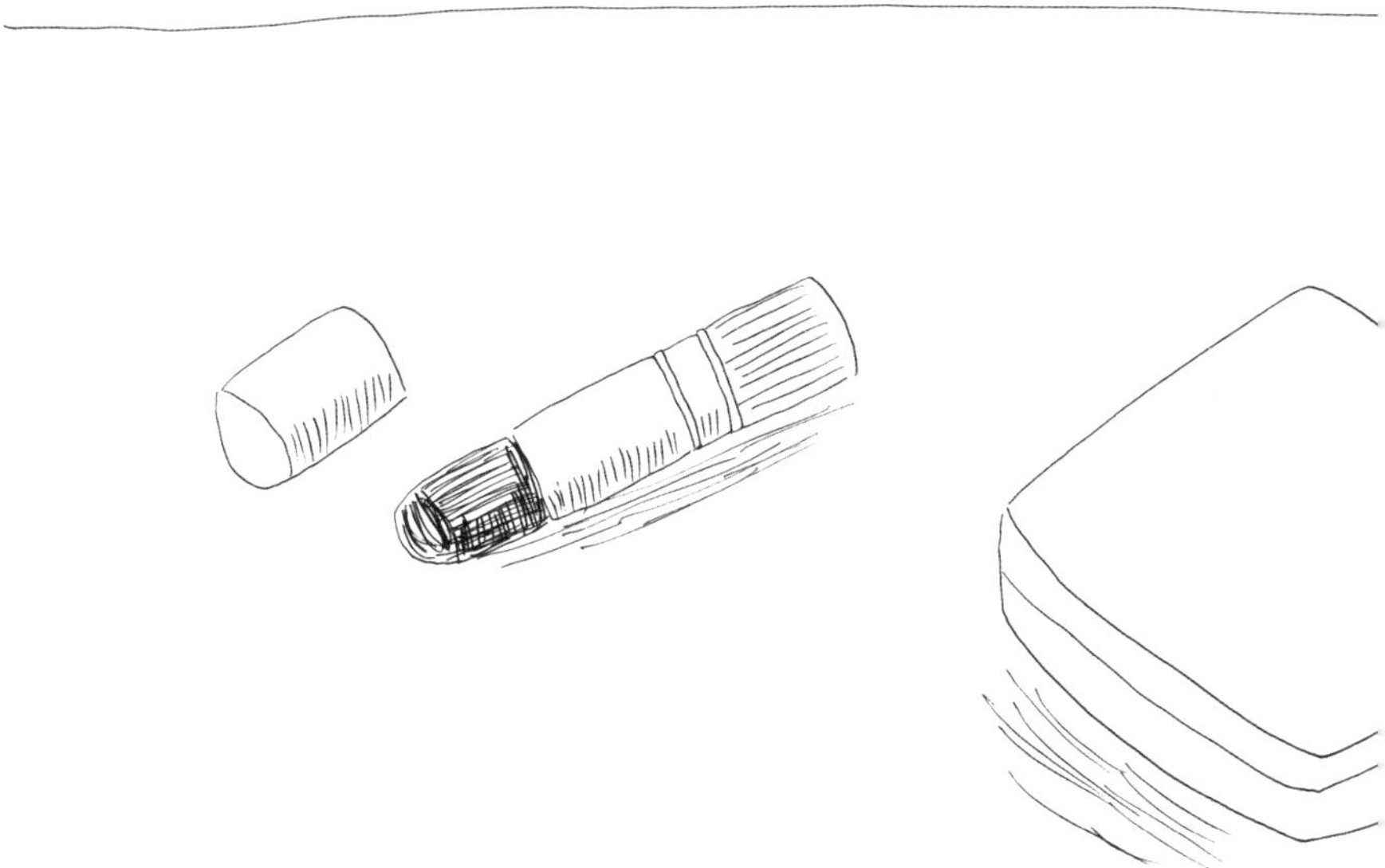

ないな。どれほどの仲かはわからない。でもそんなことはべつにどうだっていいんです。問題は……彼女がいろんなものになじめないことです。自分の体やら、自分の考えていることやら、自分の求めていることやら、他人が要求していることやら……そんなことにです」

「そうだね」としばらくあとで女は言った。「あんたの言うことはわかるよ」

　僕にはわからなかった。僕のことばが意味していることはわかった。しかしそれが誰から誰に向けられたものであるかがわからなかった。僕はとても疲れていて、眠りたかった。眠ってしまえば、いろんなことがはっきりするような気がした。しかしいろんなことがはっきりすることで何かが楽になるとは思えなかった。

　それっきり彼女はずっと口をつぐんでいた。僕も黙っていた。十分か十五分、そんな風にしていた。手もちぶさただったので、結局ウォッカ・トニックを半分飲んでしまった。風が少し強くなって、くすの木の丸い葉が揺れていた。

「ひきとめて悪かったな」としばらくあとで女は言った。「芝生がすごく綺麗に刈れてたからさ、嬉しかったんだよ」

「どうも」と僕は言った。

「金を払うよ」と女は言ってワンピースのポケットに白い大きな手をつっこんだ。「いくらだい?」

「あとでちゃんとした請求書をお送りします。銀行に振り込んで下さい」と僕は言った。

「ふうん」と女は言った。

我々はまた同じ階段を下りて同じ廊下を戻り、玄関に出た。廊下と玄関は往きと同じように冷やりとして、闇につつまれていた。子供の頃の夏、浅い川を裸足でさかのぼっていて、大きな鉄橋の下をくぐる時にちょうどこんな感じがした。まっ暗で、突然水の温度が下がる。そして砂地が奇妙なぬめりを帯びる。玄関でテニス・シューズをはいてドアを開けた時には本当にほっとした。日の光が僕のまわりに溢れ、風に緑の匂いがした。蜂が何匹か眠そうな羽音を立てながら垣根の上を飛びまわっていた。

「すごく綺麗に刈られてるよ」と女は庭の芝生を眺めながらもう一度そう言った。

僕も芝生を眺めた。たしかにすごく綺麗に刈れていた。

女はポケットからいろんなもの——実にいろんなもの——をひっぱり出して、その中からくしゃくしゃになった一万円札を選りわけた。それほど古くない札だったが、とにかくくしゃくしゃだった。十四、五年前の一万円といえばちょっとしたものだ。少し迷ったが、断らない方がいいような気がしたので受けとることにした。

「ありがとう」と僕は言った。

女はまだ何か言い足りなそうだった。どう言えばいいのかよくわからないみたいだった。よくわからないままに右手に持ったグラスを眺めた。グラスは空だった。それでまた僕を見た。

「また芝刈りの仕事を始めたら家《うち》に電話しなよ。いつだっていいからさ」

「ええ」と僕は言った。「そうします。それからサンドイッチとお酒ごちそうさまでした」

彼女は喉の奥で「うん」とも「ふん」ともわからないような声を出し、それからくるりと背を向けて玄関の方に歩いていった。僕は車のエンジンをふかせ、ラジオのスイッチを入れた。もうとっくに三時をまわっていた。

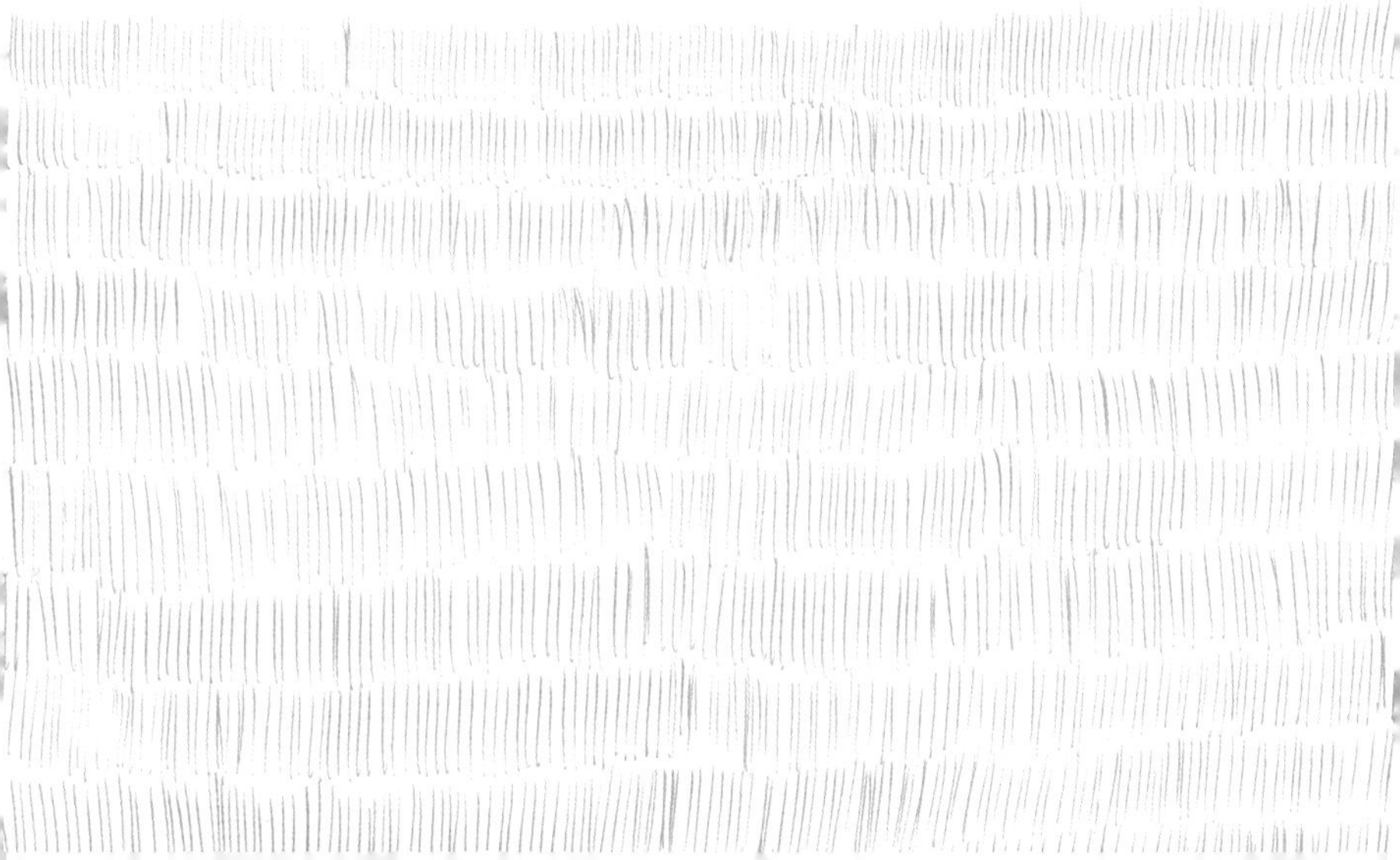

途中眠気ざましにドライブ・インに入ってコカ・コーラとスパゲティーを注文した。スパゲティーはひどく不味くて、半分しか食べられなかった。しかしどちらにしても、べつに腹なんか減ってはいなかったのだ。顔色の悪いウェイトレスが食器をさげてしまうと、僕はビニールの椅子に座ったままうとうとと眠った。店は空いていたし、良い具合にクーラーがきいていた。とても短い眠りだったので夢なんか見なかった。眠り自体が夢みたいなものだった。それでも目が覚めた時には太陽の光は幾分弱まっていた。僕はもう一杯コーラを飲み、さっきもらった一万円札で勘定を払った。

駐車場で車に乗り、キイをダッシュボードに載せたまま煙草を一本吸った。いろんな細々とした疲れが僕に向って一度に押し寄せてきた。結局のところ、僕はとても疲れていたのだ。僕は運転するのをあきらめてシートに沈みこみ、もう一本煙草を吸った。何もかもが遠い世界で起った出来事みたいな気がした。双眼鏡を反対にのぞいた時みたいに、いやに鮮明で不自然だった。

「あなたは私にいろんなものを求めているのでしょうけれど」と恋人は書いていた。「私は自分が何かを求められているとはどうしても思えないのです」

僕の求めているのはきちんと芝を刈ることだけなんだ、と僕は思う。最初に機械で芝を刈り、くまででかきあつめ、それから芝刈ばさみできちんと揃える——それだけなんだ。僕にはそれができる。そうするべきだと感じているからだ。

そうじゃないかい、と僕は声に出して言ってみた。

返事はなかった。

十分後にドライブ・インのマネージャーが車のそばにやってきて腰をかがめ、大丈夫かと訊ねた。

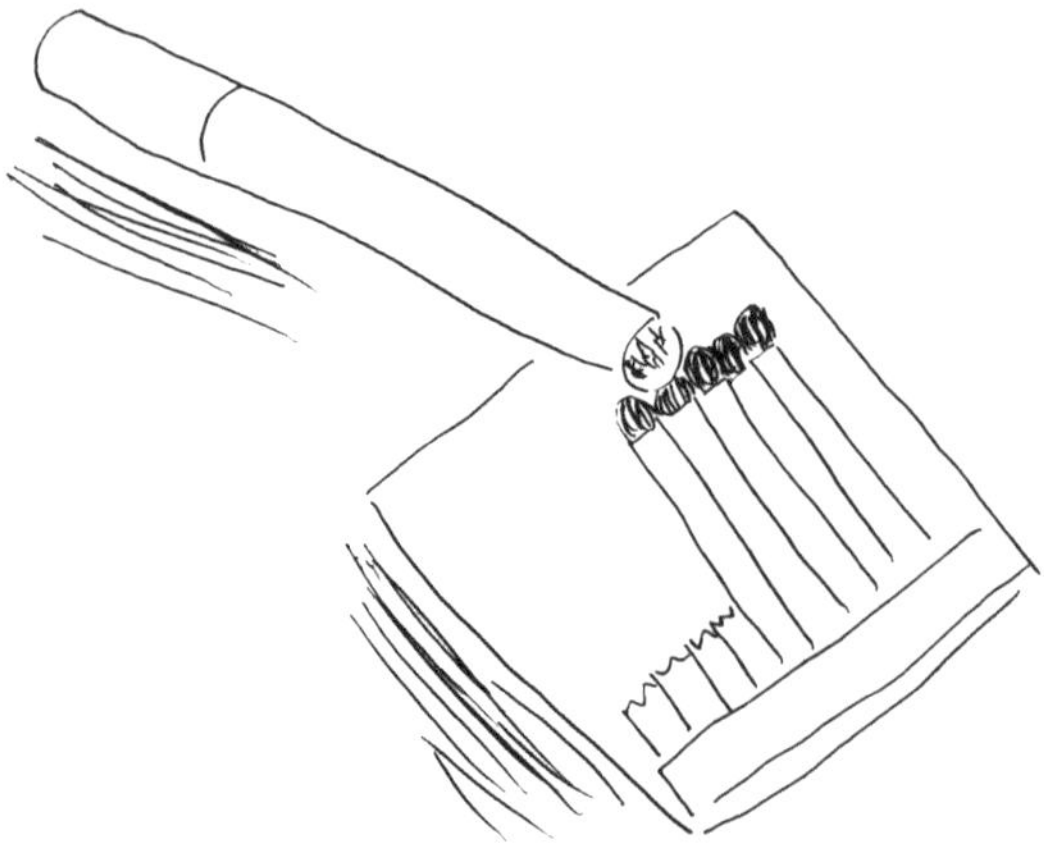

Coca Cola

「少しくらくらしたんです」と僕は言った。

「暑いからね。水でも持ってきてあげようか？」

「ありがとう。でも本当に大丈夫です」

僕は駐車場から車を出し、東に向って走った。道の両脇にはいろんな家があり、いろんな庭があり、いろんな人々のいろんな生活があった。僕はハンドルを握りながらそんな風景をずっと眺めていた。背中では芝刈機がかたかたという音を立てて揺れていた。

*

それ以来、僕は一度も芝生を刈っていない。いつか芝生のついた家に住むようになったら、僕はまた芝生を刈るようになるだろう。でもそれはもっと、ずっと先のことだという気がする。その時になっても、僕はすごくきちんと芝生を刈るに違いない。

「午後の最後の芝生」は、雑誌『宝島』一九八二年九月号に発表の後、『中国行きのスロウ・ボート』(中央公論社、一九八三年五月／後に中公文庫、一九八六年一月)に収録された。

絵の初出は、PR誌『たて組・ヨコ組』秋・第十八号(モリサワ、一九八七年十二月)。同号の「特集＝組見本」にて、「午後の最後の芝生」の挿絵として掲載された。

午後の最後の芝生

2025 年 4 月 10 日　第 3 刷発行

著者
村上春樹

絵
安西水丸

ブックデザイン
宮古美智代

発行者
新井敏記

発行所
株式会社スイッチ・パブリッシング
〒 106-0031 東京都港区西麻布 2-21-28
電話 03-5485-2100（代表）
www.switch-pub.co.jp

印刷・製本
株式会社シナノ パブリッシング プレス

ISBN978-4-88418-647-0　C0093　Printed in Japan